바람 타는
우산

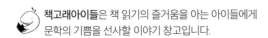

책고래아이들은 책 읽기의 즐거움을 아는 아이들에게
문학의 기쁨을 선사할 이야기 창고입니다.

책고래아이들

바람 타는 우산

2025년 2월 20일 초판 1쇄 발행

동시 송경자 **그림** 수피아 **편집** 김인섭 **디자인** 김헌기

펴낸이 우현옥 **펴낸곳** 책고래 **등록 번호** 제2015-000156호

주소 서울특별시 서초구 강남대로12길 23-4, 301호(양재동. 동방빌딩)

대표전화 02-6083-9232(관리부) 02-6083-9234(편집부)

홈페이지 www.dreamingkite.com / www.bookgorae.com

전자우편 dk@dreamingkite.com

ISBN 979-11-6502-207-5 73810

ⓒ 송경자, 수피아 2025년

바람 타는
우산

송경자 동시집 수피아 그림

책고래

차례

시인의 말

　동시를 쓰면서 새로운 변화가 생겼습니다. 이른 새벽 산책을 하면서 자연의 변화를 느끼고 무심히 지나쳤던 주변 풍경을 돌아보고 고개를 들어 하늘을 마주하는 일이 많아졌습니다. 구름을 보고 날아가는 새를 보면서 자유로움을 경험하고, 날씨의 변화를 느끼면서 나무와 꽃과 풀잎을 자세히 보게 되었습니다. 이런 자연의 일상들을 찬찬히 느낄 수 있어서 참 행복합니다.

　가족과 대화하는 시간이 많아지고 부모님을 찾아뵙고 자주 안부를 살피게 되었습니다. 동시를 통해 저의 어렸을 때를 떠올려 보고, 자연스럽게 내 아이들이 자라면서 느꼈던 일상을 되돌아보는 시간을 가졌습니다. 또한, 센터에서 매일 만나는 아이들과 마음을 나누는 시간이 많아졌습니다. 아이들은 자연과 주변 사물에 관한 이야기, 가족과 친구들 이야기, 학교에서 있었던 이야기들을 제게 진솔하게 들려 줍

니다. 대화를 하면서 아이들이 주변이 변해 가는 것을 관찰한다는 것을 느꼈습니다.

　동시를 쓰면서 매일매일의 변화를 느끼고, 마음 밭에 상상의 나래를 펼치며 성장해 나가는 순간들이 기쁩니다. 하루하루 종알거리는 아이들을 웃음으로 대할 수 있어서 더욱 재미있고 즐겁습니다.

　동시의 즐거움을 느낄 수 있도록 도와주신 박예분 작가님, 동시로 한마음이 된 문우들에게 고맙고, 동시 이야기에 귀 기울여 준 어린이 친구들에게 감사합니다. 항상 옆에서 힘이 되어 준 가족에게 감사와 사랑을 전합니다.

2025년 2월
송경자

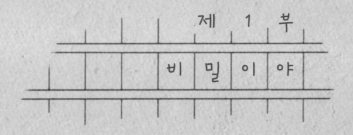

제 1 부

비 밀 이 야

발바닥에 불났다

궁금해 궁금해

무엇이든
궁금한 건 못 참아

다다다닥
우당탕탕
쿵쾅쿵쾅

잠시도 쉬지 않고
이리저리 뛰는 건

호기심이 발동한 발바닥
불 끄려고 뛰는 거야

여름은

물놀이가 최고야

튜브 타고 수영하고
물총 놀이 칙칙 치지직

한바탕 신나게 놀면
뜨거운 여름이 달아나

와, 시원하다!

쉽게 보여 주지 않는 것

변덕쟁이 하늘이
먹구름 몰고 와

우르릉 쾅 우르릉 쾅
천둥 번개 요란하다

후두둑 후두둑
우박까지 쏟아지더니

언제 그랬냐는 듯
해가 반짝

구름 속에 숨겨 둔 무지개
살짝 띄운다

비밀이야

학교에서 똥 싸면 놀리는 친구들 땜에
참고 참고 또 참았다

-수업 끝

쉬지 않고 집으로 내달리며
엘리베이터 통과

무거운 가방 내던지며
현관 통과

신발 바지까지 벗어던지고
화장실 통과했는데

앗!
변기 앞에서 그만
뿌 지 직

아무도 모르게 똥쟁이 되었다

다시 봄

늘 그 자리에
새롭게 피는 꽃을 보며

- 꽃들은 참 좋겠다

부러워하던 엄마

나랑 꽃무늬 옷 꺼내 입고
활짝 피었다

우리도 꽃이 되었다.

친구 만들기

눈이 내렸다

냉장고에서 당근 불러내고
옷장에서 장갑과 모자
아빠 헌 옷에 붙은 커다란 단추
화단에 나뭇가지도 데리고 나왔다

눈사람 친구랑 놀고 싶어
하얀 눈덩이
데굴데굴 데굴데굴 굴려
토닥토닥 만들었는데

햇볕이 쨍!
쌓인 눈 다 녹는다
눈사람 친구랑 나란히 서서
휴대폰 카메라를 누른다

찰칵, 스마일~

반짝반짝 서리옷

밤새 서리가 내렸다

풀잎들
서리옷 입고 추워 추워

손 호호 불며
기다린 아침

따뜻한 햇빛이 방긋

풀잎들
좋아서 웃는다

하얀 서리옷
반짝반짝 빛난다

넌, 어때?

너에게서 나온
절교라는 말

듣는 순간부터
지금까지

내 마음 콕콕 찌른다
뾰족 가시처럼

넌, 괜찮니?

파도 소리

정동심곡 바다부채길
파도 소리가 연주를 한다.

거센 파도가
바위를 때리면
쏴~아~아 쏴~아~아 철~썩

작은 파도가 밀려와
조약돌 사이사이 간질이며
돌돌돌 돌도르르 촤르르르르

모래알 품은 하얀 거품
방울방울 커졌다 작아졌다
뽀글뽀글 부글부글 뽀그르르

호숫가에서

겨울바람 잠든 사이

오리 두 마리 마주 보며
따뜻한 햇살에 살랑살랑

노란 부리 속닥속닥
노란 물갈퀴 첨벙첨벙

속닥속닥 첨벙첨벙
잔잔한 호수가 출렁출렁

잠에서 깬 겨울바람
씽씽 쌔애-앵

오리 백 마리

눈 내린 아침 오리집게로 만들었다

오리 한 마리
오리 열 마리
오리 백 마리
친구가 많아 신난 눈오리들
반갑다고, 서로 꽥꽥

놀이터에서 신나게
그네 시소 미끄럼틀 타려고 꽥꽥
기다랗게 줄 서서
발 동동거리는 눈오리들 꽥꽥

방학이라 학교 안 가고
늦잠 자서 좋은 아이들이 나와
눈가루 살포시 뿌려 주었다

오리 백 마리 추울까 봐

킹콩

위층에서
밤마다 들려오는 소리들

쿵쾅쿵쾅 쿵쿵쿵쿵
킹콩 아저씨

다다다다다 두두두두두
킹콩 아이들

스르륵 탁 스르륵 탁
킹콩 아주머니

나도
위층에 올라가서
킹콩들과 놀고 싶다

독감

짝꿍은 A형
나는 B형

가만히 있던 동생이
-형, 난 O형 독감이지?

어휴,
독감과 혈액형도
구분 못하는 내 동생

수학 문제

토끼 다섯 마리가 당근을 먹고 있다
토끼 다섯 마리의 다리는 몇 개인가요?

5×2=10

자신 있게 대답했는데
엄마가 그게 아니란다.

-맞아요, 엄마!
 토끼는 다리 10개 손 10개

-아하, 토끼가 손도 있구나!

엄마가 하하하 웃는다

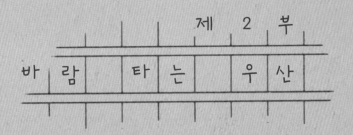

제 2 부

바 람 타 는 우 산

사춘기라고 하면

참 쉽다

생각하지 않고
뱉어 내는 아무 말들

사춘기라고 하면
웬일인지
다 봐 준다

개학 첫날

두리번두리번 새 교실
선생님과 친구들도 새롭다

이제 나는 2학년
실수하면 안 되지

교실과 복도를 머릿속에 그리며
화장실도 안 가고 기억했는데

급식 먹고 오다가
나도 모르게 들어갔다
1학년 교실로 쏘옥

아차, 나 2학년이지!

바람 타는 우산

비 오는 날
빙글빙글 빙그르르
우산을 잡고 돌고 돌아
빗속을 뚫고
운동장을 달린다

더 세게
더 빨리
슝슝~ 슈우웅~

더 높이 오르다
빙글빙글 휙, 흔들흔들
바람 타며 춤춘다

숨바꼭질

애애~앵 애애애~앵

한밤중
귓가에 맴도는 모기 소리

찰싹, 얼굴이 얼얼
간질간질 긁적긁적

나는 밤새 술래가 되고
모기는 꼭꼭 숨었다

모기도 나도 잠은 다 잤다

줄까 말까

학교 앞 문방구
매일매일 나타나는 강아지

어떤 날은 뚫어지게 바라보고
어떤 날은 쳐다도 안 본다

오늘은 호주머니에 든 소시지
만지작거리자

옆에 다가와 쿵쿵
자꾸 따라오는 문방구 강아지

줄까? 말까?

도전

맵고 자극적인 맛
혀가 얼얼

떡볶이보다 더 맛있고
학교 급식으로 최고
골라 먹는 재미가 있는

두부면 납작당면 분모자 어묵
청경채 버섯 소시지 소고기 만두

재료를 골라 친구들과 함께
가장 먹고 싶은 음식

마. 라. 탕
빨간 맛 3단계 도전!

아지트

학원 앞 편의점은
친구와 나의 아지트

불닭볶음면으로 스트레스 풀고
와이파이도 맘껏 쓸 수 있어

재미있고 신나는
친구와 나의 아지트

학원 가다가 쉼표 찍는
맛있고 행복한 곳

고수의 길

딱, 딱, 딱!
소리만 들린다

중딱지 왕딱지 대왕딱지 초대왕딱지
책가방 속에 한가득

딱, 딱, 딱!

고수의 길은 연습뿐

연습
연습
연습

이마에 땀이 송글송글

다 덤벼!

땅바닥에 철퍼덕 둘러앉아
초대왕 합체 딱지에
입김 후후 불었다

따악,
딱!

나는 누가 뭐래도 딱지왕
딱지 부자다

금요일 오후

아침부터 설렌다
방과 후 수업 끝 학원도 끝
저절로 떠오르는 미소

이제부터 자유다!

주말은 친구와 놀고
콧노래 부르며
게임도 해야지

제발!
토요일 일요일이
기~일~~게
늘어나면 좋겠다

매운 손

놀이터에서 뒹굴던 그대로
소파에 몸을 털푸덕

한숨 돌릴 틈 없이
아빠의 효자손 날쌔게 달려와
-손부터 씻어야지!

얌전히 있던 엄마의 파리채도
냉큼 달려와
-양말이랑 옷 벗어야지!

오늘도 그럴 줄 알고
효자손과 파리채 미리 숨겼는데
-이 녀석이, 찰싹!

미처 몰랐다

엄마의 매운 등짝 스매싱

마음 통

동네 편의점 아저씨는
모르는 게 없다

친구와 다툰 날
슬러시와 컵라면 챙겨 주고

슬며시 다가와
내 마음 알아주는

아저씨와 나는
마음이 통한다

내 짝은

급식 먹으러 학교에 온다며
점심시간만 기다린다

공부 시간 내내 급식 안내장 읽고
구구단보다 더 잘 외운다

모레는 현장학습 날이라
돈가스 못 먹는다며 억울해한다

현장학습 갈까 말까
망설이는 내 짝은
진정한 급식 대장

공개 수업

엄마 아빠들 뒤에서 지켜보니
긴장되고 부끄럽다

뒤통수 따가워 슬쩍 돌아보는데
엄마가 눈을 찡긋

-자, 누가 발표해 볼까요?

가슴이 두근두근
손을 들까 말까

용기 내서 손을 번쩍!

안 봐도 알 수 있는
엄마의 웃는 얼굴

개학은 싫어

점점 다가오는 개학
학교 가기 싫어
뒹굴뒹굴 놀고 싶다

친구들은 좋은데
공부는 힘들어

날마다 날마다
방학이면 좋겠다

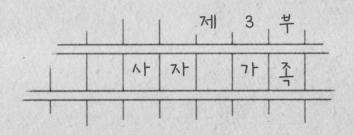

제 3 부

사 자 가 족

봄볕 좋은 날

할아버지 할머니
목욕하고 나란히 앉아
머리카락 말리고

두꺼운 솜이불
빨랫줄에 올라앉아
뽀송뽀송 마를 때

이불 사이 들락날락
꼬리 흔드는
흰둥이 바라보며

할아버지 할머니

하 하 호 호

하 호

호 호 하 하

호 하

공손한 두 손

기억을 점점 잃어 가는
할아버지

약 받을 때 공손히
두 손 내민다

손가락 사이로
빠져나갈까 봐

두 손으로 꼭 감싼다
기억을 놓치지 않으려고

소원

100년 만에 뜬
가장 큰 보름달 보며
두 손 모아 띄우는 소원

달님! 달님!

할머니 할아버지랑
오래도록
웃음꽃 피우게 해 주세요

사자 가족

할머니 집에 모인 가족들
아침에 일어나 바라보니
밤새 바람 타고 초원을 달렸나 봐
헝클어진 머리카락 삐죽삐죽
엄마 아빠 삼촌들
어슬렁어슬렁 마당에 나와
늘어지게 하품하더니
서로 마주 보며 하하하

도대체 사자가 몇 마리야?

가족 여행길에

하하 호호 즐겁게 웃다가
잘못 들어선 교차로

내비게이션이
새로 생긴 도로 잘 몰라
깜빡깜빡 돌고 돌아
다시 그 자리

-여기 아니잖아요!
그럼, 당신이 운전해!

엄마 아빠
목소리 점점 커진다
오늘은 어째 안 싸우나 했다

캠핑

아빠가 숯불에 익힌 고기
호호 불어 엄마 한입 나 한입

알록달록 채소와 소시지
줄줄이 꽂은 마시멜로

지글지글 뒤적뒤적

함께 먹고 이야기 나누는
즐거운 우리 가족

참 맛있다!

내 방이 생겼다

공룡과 로봇으로 꾸민 이층침대
설레고 신나

혼자 누운 침대
눈은 말똥말똥

시계 소리 똑딱똑딱
먼지도 잠든 조용한 밤

-침대에서 떨어지면 어쩌지
-오줌 싸면 어쩌지

조심조심 사다리 내려와
엄마 품속으로 쏘옥

-이 녀석, 오늘만이야!

걱정이 싸악 사라졌다.

엄마의 방학 숙제

이번 겨울 방학은 64일
엄마한테 커다란 숙제가 생겼다

-아침은 뭘 해 주지?
 점심은?
 간식은?
 저녁은?

끼니마다 음식을 만들어야 하는
엄마의 긴긴 겨울 방학

동생은 눈치 없이
-엄마, 오늘 저녁 메뉴는 뭐예요?

글자꽃 피었다

동시집 펼쳐 놓고
우리 가족이 고르고 고른
동시 한 편

아빠는 하얀 도화지 위에
반듯하게 줄 긋고

엄마는 쓰으윽 싸아악
꽃과 나비 그리고

색연필로 내가
꾹꾹 눌러쓴
색깔 글자들

삐뚤빼뚤 흔들흔들
글자 꽃 피었다

문제없지

밤이 가장 긴 동짓날
팥죽 새알심을 나이만큼 먹는 거래

나는 아홉 개
왕할머니는 아흔 개

-엄마, 왕할머니는 어떻게 다 먹어요?
-그거야, 새알심을 크게 아홉 개 빚으면 돼

아하, 생일 촛불처럼!

톡톡

봄비가 내린다

수선화 잎사귀에
토로 롱 토로 롱
톡
톡

꽃봉오리 활짝 피우라고

봄비가 깨운다
토로 롱 토로 롱
톡
톡

일요일

텔레비전 보다
스르르 잠들었다

후두두둑

빗소리에 놀라 일어났다

-헉! 지각이다

헐레벌떡 가방 메고 신발 신는데

-저녁 먹자!

휴우, 다행이다

밀려난 홍시

부드러운 홍시만 드시던 할머니
임플란트 하고 달라졌다

그동안 먹지 못한
딱딱한 단감과 갈비
달달한 과자까지 챙겨 드시며

물렁한 홍시는 이제 별로라고
살짝 밀어 낸다

큰일이다

엄마가 나간다
마트
미용실
세탁소에 간다고

삑삑 삑삑삑 삐이익 딸깍!

-영준아, 차 키
-영준아, 엄마 지갑
-영준아, 엄마 휴대폰

깜빡 잊고 나갔다
꼭 한 번은 되돌아오는

우리 엄마, 큰일이다

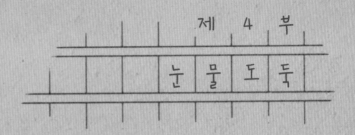

제 4 부

눈 물 도 둑

나비가 되어

분홍 벚꽃 잎이
봄바람에 흩날린다

하늘하늘 날리는 꽃잎 잡으러
폴짝폴짝 휙휙

손바닥에 살포시 앉은
작은 꽃잎 하나

내 소원 담아 훨훨 날아간다

지구는 휴식 중

4월 22일은
8시부터 10분 동안
모든 불을 끄는
지구 환경보호의 날

우리 집은 매월 9일
9시부터 10분 동안
모든 불을 끈다

텔레비전 컴퓨터 핸드폰 전등…

지구를 지키기 위해
잠시 눈을 감는 불빛들
너무 캄캄해 조금 불편하지만

지금 지구는 휴식 중!

할머니 텃밭

긴 가뭄에
할머니는 텃밭에 나가지 않는다

목마르다고 고개 숙인
채소들 안쓰러워
미안해 차마 볼 수가 없다고

텃밭에 채소들
시들시들 눕는다

긴 가뭄에
할머니도 시름시름 눕는다

지렁이 이사

비 오는 날 지렁이들
축축한 땅속 숨쉬기 힘들어

새 집 찾아 나왔는지
땅 위로 꿈틀꿈틀

화단 옆 모래밭에서
몸을 쭈욱 쭉 펴고 쉰다

햇빛 쨍 비치자
모래 가득 묻힌 몸 뒤틀며

제자리에서 꿈틀꿈틀

안타까워

화단으로 이사 보낸다

초콜릿

엄마 몰래 간식 창고 열었다

과자 봉지 뒤에 커다란 초콜릿
-헤헤 찾았다

크게 잘라 냉큼 한입에 쏘옥
-윽, 너무 써!

초콜릿은 다 달달한 줄 알았다

뱉을까 말까

꾸우울꺼억.

겨울 별자리

하늘 가득
별들이 반짝반짝

하나, 둘, 셋, 별을 세다
손가락으로 주욱 줄을 그어 보며

찾았다 대삼각형

오리온자리 베텔게우스
큰개자리 시리우스
작은개자리 프로키온

겨울밤 별자리 찾으며
추운 줄 모른다

눈물도둑

서우와 단짝 된 수정이
그 이름만 나오면
동생은 눈물이 줄줄

장난꾸러기 형은 날마다
동생 눈물꼭지 튼다

신나게 놀다가도
"수정이" 하면
으-앙

맛나게 먹다가도
"수정이" 하면
으-아-앙

툭하면
동생 눈물 훔치는 수정이는
눈물도둑이다

봄꽃들

산수유 매화 동백 목련
개나리 벚꽃 진달래

꽃 피는 순서 잊었나 봐
해마다 차례대로 피더니

올해는 너도 나도
다 같이 한꺼번에 활짝 폈다

봄이 점점 짧아진다는 걸
꽃들도 다 아는가 봐

인사하는 시클라멘

우리 집에 온 분홍 시클라멘
꽃잎 환하다

며칠 동안 활짝 웃더니
시무룩 고개 숙이며

-제발, 인사를 받아 주세요!
-어머나, 미안해

엄마가 고개 끄덕이며
흠뻑 물을 주자

하나둘 다시 고개 들고
활짝 웃는 시클라멘

엄마가 정성 들여 키운 상추에
하얀 줄무늬 선명하다

상추 이파리에 굴을 파고
알을 낳은 굴파리 애벌레

상추잎 갉아먹으며 다닌 자리
미로처럼 구불구불

초록 상추잎
굴파리 애벌레의 집이 되었다

용감한 버스

함박눈
펑펑 쏟아져
순식간에 쌓인다

놀이터 아이들
달리던 차
배달 오토바이

모두 멈췄다

환한 가로등 사이로
버스만 용감하게
길을 만든다

겨울 옷

가을부터 부지런히
한 겹 또 한 겹 단단하게
갈아입은 겨울눈
목련나무 가지 끝에 매달려
털옷 입었다

거세게 휘날리는 눈송이
차가운 바람
견디고 견뎌 내며
벗어 던진 겨울 외투
봄, 봄을 알린다

곧 하얀 꽃망울 터지겠다

화이팅!

아빠와 오르는 산
상쾌한 바람에
가벼운 발걸음

아카시아 향기 솔솔
콧노래 부르며
가파른 비탈길도 으쌰

내려오는 사람들
나에게 힘내라고

-어이쿠, 잘 오르네
-이제 거의 다 왔어

사람들이 건넨 응원이
어느새 나를 정상에 올려놓았다

어린이들에게 행복을 나누어 주는 시

이준관 (시인, 아동문학가, (전)한국동시문학회 회장)

1. 글을 시작하며

우리가 살아가는 동안 가장 행복한 때는 언제일까요. 그것은 어린 시절입니다. 천진난만한 동심으로 뛰어놀던 어린 시절은 인생에서 가장 행복한 때입니다. 어린 시절을 행복하게 보낸 사람은 평생을 행복하게 보낸다고 합니다. '아이들이 행복한 세상!' 그런 세상을 우리는 만들어 가야 합니다. 그런데 요즘 아이들은 공부에 쫓기느라 행복한 시간이 자꾸만 줄어들고 있습니다. 그런 아이들에게 행복을 찾아 주는 길은 무엇일까요. 여러 가지 길이 있지만, 아동문학도 그중에 하나라고 봅니다. 아동문학 중에서도 특히 동시라고 생각합니다.

시인이 동심으로 돌아가서 동시를 쓰는 것은 행복한 일입니다. 그래

서 박목월 시인도 동시 쓰는 일은 즐겁고 행복한 일이라고 했습니다. 쓰는 사람도 행복하고 읽는 사람도 행복한 것이 동시입니다. 그래서 송경자 시인도 동시집 머리말에서 동시를 쓰면서 "자연의 일상들을 찬찬히 느낄 수 있어 참 행복합니다"라고 말했습니다.

송경자 시인은 아동복지교사로서 아이들이 행복한 삶을 누릴 수 있도록 도와주는 일을 하고 있습니다. 그래서일까요. 그의 동시에는 동심의 포근한 행복과 따스한 온기가 오롯이 담겨 있습니다. 그는 아동복지교사로서 어린이들의 복지를 위해 일하는 동안 동시와 그림책과 수필을 써서 동시집《똥방귀도 좋대》(공저), 그림책《마술떡》, 수필집《좋은 하루 되세요》(공저)를 펴냈습니다. 그리고 이번에 첫 동시집《바람 타는 우산》을 출간했습니다.

송경자 시인은 동시는 밝고 아름다워야 한다고 생각합니다. 그래서 동시들이 따스하고 온유하고 포근합니다. 내가 쓰는 이 글은 송경자 시인의 시를 따라가는 동심의 행복한 여정입니다.

2. 활달하고 생기 넘치는 아이들의 동심

송경자 시인은 활달하고 건강하게 자라는 아이들의 모습을 동시로 담아냈습니다. 그의 동시 속에 나오는 아이들은 티 없이 밝고 구김살 없이 자라는 아이들입니다.

궁금해 궁금해

무엇이든
궁금한 건 못 참아

다다다닥
우당탕탕
쿵쾅쿵쾅

아이들이 잠시도 쉬지 않고
이리저리 뛰는 건

호기심이 발동한 발바닥에
불 끄려고 뛰는 거래

〈발바닥에 불났다〉 전문

무엇이든 궁금해하는 호기심이 많은 아이의 모습을 신선한 비유로 표현한 동시입니다. 아이들은 궁금한 것을 못 참습니다. 그래서 잠시도 쉬지 않고 우당탕탕 뛰어다닙니다. 그런 아이들의 모습을 '호기심이 발동한 발바닥의 불을 끄려고 뛰는 것'이라고 멋지게 표현했습니다. 호기심이 많은 아이는 역동적이고 활동적입니다. 그런 아이를 우리는 아이들의 시각에서 바라보아야 합니다. 우리는 알게 모르게 어른의 시각으로 아이들을 재단하고 단정합니다. 그래서 아이들을 틀에 가두려고 합니다. 재미있는 시 한 편을 읽어 보기로 하겠습니다.

토끼 다섯 마리가 당근을 먹고 있다
토끼 다섯 마리의 다리는 몇 개인가요?

$5 \times 2 = 10$

자신 있게 대답했는데
엄마가 그게 아니란다.

-맞아요, 엄마!
 토끼는 다리 10개 손 10개

-아하, 토끼가 손도 있구나!

엄마가 하하하 웃는다

〈수학 문제〉 전문

   토끼의 다리는 네 개이니까 다섯 마리의 다리는 5x4=20개입니다. 그
런데 아이의 생각은 다릅니다. 앞다리는 다리가 아니라 토끼의 손이라는
것입니다. 그래서 다리가 '5x2=10'이라는 것입니다. 토끼도 손이 있어야
한다는 아이다운 생각으로 앞다리를 손이라고 생각한 것입니다. '토끼도
손이 있어야 한다는 생각!' 그것이 바로 동심입니다. 우리는 이런 아이의
동심을 이해하고 존중해야 합니다. 그래야 아이들이 행복해지고 창의력

도 쑥쑥 커집니다.

비 오는 날
빙글빙글 빙그르르
우산을 잡고 돌고 돌아
빗속을 뚫고
운동장을 달린다

더 세게
더 빨리
슝슝~ 슈우웅~

더 높이 오르다
빙글빙글 휙, 흔들흔들
바람 타며 춤춘다

〈바람 타는 우산〉 전문

아이들의 역동적이고 생기 넘치는 모습을 담은 동시입니다. 비 오는
날 아이가 우산을 빙글빙글 돌리며 달립니다. 더 세게 더 빨리 빗속을 뚫
고 달립니다. 그러다가 바람을 타고 높이 날아오릅니다. 송경자 시인의
동시에 나오는 아이들은 이처럼 활달하고 역동적인 아이들입니다. 그는
아이들이 건강하고 행복하게 자라는 모습을 생동감 있게 그려 냈습니다.

3. 학교생활과 친구들의 우정

아이들은 대부분 학교에서 시간을 보냅니다. 학교에서 공부만 하는 게 아닙니다. 친구와도 사귀며 타인과의 관계도 배웁니다. 학교생활은 즐겁기도 하지만 때로는 어렵기도 합니다. 아이들은 어려움을 극복하는 법을 배우면서 성장해 갑니다.

학교에서 똥 싸면 놀리는 친구들 땜에
참고 참고 또 참았다

-수업 끝

쉬지 않고 집으로 내달리며
엘리베이터 통과

무거운 가방 내던지며
현관 통과

신발 바지까지 벗어던지고
화장실 통과했는데

앗!
변기 앞에서 그만

뿌 지 직

아무도 모르게 똥쟁이 되었다

〈비밀이야〉 전문

　아이들에겐 이 동시에서처럼 남몰래 감추고 싶은 비밀이 있습니다. 학교에서 친구들 놀림 때문에 대변을 참고 참다가 집으로 달려가서 결국 실수를 하고 마는 아이의 딱한 모습이 안타깝습니다. 이런 일을 어른들은 사소하게 생각할지 모르지만, 똥쟁이가 된 아이에겐 아주 심각하고 중요한 일입니다. 이런 아이들의 마음을 우리는 헤아려 주어야 합니다. 아이들에게 아무도 모르는 부끄러운 비밀이 있는지를 살펴보아 주어야 합니다.
　아이들이 가장 많이 만나는 사람은 친구입니다. 친구와는 친하게 지내기도 하고 어느 땐 별일 아닌 일로 다투고 갈등을 겪기도 합니다. 그러나 아이들답게 금방 마음이 풀어져 언제 다퉜냐는 듯이 오순도순 사이좋게 지냅니다.

네 입에서 나온
절교라는 말

듣는 순간부터
지금까지

내 마음 콕콕 찌른다
뾰족가시처럼

넌, 괜찮니?

〈넌 어때?〉 전문

친한 친구로부터 절교라는 말을 들었을 때 얼마나 마음이 아팠을까요.
절교라는 말이 뾰족가시처럼 콕콕 가슴을 찔러서 아이는 아마 밤에 잠도
제대로 자지 못했을 것입니다. 학교에서 친구를 만나면 더욱 힘들었을 것
입니다. 그래서 친구에게 묻습니다. 나는 이렇게 힘든데 너는 괜찮냐고요.
아마 절교라고 말했던 친구도 똑같이 힘들었을 거예요. 아이들은 이렇게
친구와 멀어지기도 하고 가까워지고 하면서 성장을 하게 됩니다.

4. 가족들의 정겨운 이야기

아이들에게 가족이 얼마나 중요하고 소중한지는 말할 필요도 없습니
다. 가족들은 아이들의 행복과 평안의 원천입니다. 아이들에겐 울타리와
같은 존재입니다. 아이들의 생활에서 가장 많은 비중을 차지하고 있는 것
이 가족들입니다. 그래서 동시에는 가족들의 이야기가 많이 나옵니다. 송
경자 시인의 동시에도 가족을 소재로 한 동시가 많습니다.

할머니 집에 모인 가족들
아침에 일어나 바라보니

밤새 바람 타고 초원을 달렸나 봐
헝클어진 머리카락 삐죽삐죽
엄마 아빠 삼촌들
어슬렁어슬렁 마당에 나와
늘어지게 하품하더니
서로 마주 보며 하하하

도대체 사자가 몇 마리야?

〈사자 가족〉 전문

가족을 사자에 비유한 것이 재미있습니다. 왜 사자에 비유했을까요. 그
것은 동시 속에 답이 있습니다. 아침에 일어난 가족의 헝클어진 삐죽삐죽
한 머리카락이 사자의 갈기를 닮았기 때문입니다. 할머니 집에서 모처럼
편안하게 하룻밤을 자고 난 가족의 머리카락이 헝클어지고 삐죽삐죽합
니다. 그래서 사자처럼 늘어지게 하품을 하고 헝클어진 머리카락을 보며
서로 마주 보며 웃습니다.

공룡과 로봇으로 꾸민 이층침대
설레고 신나

혼자 누운 침대
눈은 말똥말똥

시계 소리 똑딱똑딱
먼지도 잠든 조용한 밤

-침대에서 떨어지면 어쩌지
-오줌 싸면 어쩌지

조심조심 사다리 내려와
엄마 품속으로 쏘옥

-이 녀석, 오늘만이야!

걱정이 싸악 사라졌다.

〈내 방이 생겼다〉 전문

　내 방이 생겼으니 얼마나 신나고 설렐까요. 공룡과 로봇으로 꾸민 이층
침대에서 자는 밤. 그러나 밤이 깊어지자 걱정이 생겨납니다. 그래서 침
대에서 내려와 엄마 품속으로 쏘옥 들어가 안깁니다. 그러자 걱정이 싸악
사라졌습니다. 아이들에겐 엄마 품은 언제나 포근한 안식처입니다. 그런
엄마에게도 요즘 이상한 일이 생긴 모양입니다. 다음 시를 읽어 볼까요.

　엄마가 나간다
　마트

미용실
세탁소에 간다고

삑삑 삑삑삑 삐이익 딸깍!

-영준아, 차 키
-영준아, 엄마 지갑
-영준아, 엄마 휴대폰

깜빡 잊고 나갔다
꼭 한 번은 되돌아오는

우리 엄마, 큰일이다

〈큰일이다〉 전문

엄마에게 큰일이 생겼습니다. 그것은 외출할 때마다 뭔가를 깜빡 잊고 나갔다가 다시 되돌아오는 일입니다. 엄마에게 건망증이 생긴 것입니다. 집안일에 신경을 너무 쓰다 보니 그런 증상이 생긴 모양입니다. 이 동시에는 그런 엄마를 걱정하는 아이의 마음이 담겨 있습니다.

서우와 단짝 된 수정이
그 이름만 나오면

동생은 눈물이 줄줄
장난꾸러기 형은 날마다
동생 눈물꼭지 튼다

신나게 놀다가도
"수정이" 하면
으-앙

맛나게 먹다가도
"수정이" 하면
으-아-앙

툭하면
동생 눈물 훔치는 수정이는
눈물도둑이다

〈눈물도둑〉 전문

서우는 단짝 수정이를 무척 좋아하는 모양입니다. 얼마나 좋아했으면 수정이를 눈물도둑이라고 했을까요. 서우는 수정이 이름만 들어도 으앙 하고 웁니다. 장난꾸러기 형은 그런 서우의 마음을 알고 자꾸만 놀립니다. 천진난만한 서우의 모습이 절로 웃음을 자아냅니다.

송경자 시인은 이처럼 가족의 다양한 모습을 동시로 담았습니다. 앞에

소개한 동시 말고도 가족의 이야기를 담은 동시는 많습니다. 기억을 점점 잃어가는 할아버지 (〈공손한 두 손〉), 아이들이 방학하면 끼니마다 음식을 만들어야 하는 엄마의 길고 긴 겨울 방학 숙제 (〈엄마의 방학 숙제〉), 봄볕 좋은 날 나란히 앉아 흰둥이를 보며 웃는 다정한 할머니와 할아버지 모습 (〈봄볕 좋은 날〉) 등 단란한 가족의 모습과 때로는 안타까운 모습을 동시로 담았습니다.

5. 시의 색깔과 향기를 입힌 자연

송경자 시인은 동시집 머리말에서 "동시를 쓰면서 새로운 변화가 생겼습니다. 이른 새벽 산책을 하면서 자연의 변화를 느끼고 무심히 지나쳤던 주변 풍경을 돌아보고 고개를 들어 하늘을 보는 일이 많아졌습니다. 구름을 보고 날아가는 새를 보면서 자유로움을 경험하고, 날씨의 변화를 느끼면서 나무와 꽃과 풀잎을 자세히 보게 되었습니다." 라고 말했습니다.

머리말에 쓴 대로 송경자 시인은 동시를 쓰면서 자연을 자세히 바라보는 눈과 자연의 소리를 듣는 귀를 갖게 되었습니다. 그러면서 자연을 더욱 사랑하게 되고 그 사랑하는 마음을 동시로 표현했습니다.

밤새 서리가 내렸다

풀잎들
서리옷 입고 추워 추워

손 호호 불며
기다린 아침

따뜻한 햇빛이 방긋

풀잎들
좋아서 웃는다

하얀 서리옷
반짝반짝 빛난다

〈반짝 반짝 서리옷〉 전문

밤새 서리가 내려 풀잎들이 서리옷을 입었습니다. 서리로 만든 옷을 입었으니 얼마나 추울까요. 추워 떠는 풀잎들은 손을 호호 불며 아침을 기다립니다. 드디어 따뜻한 햇빛이 비춰 줍니다. 그러자 풀잎들은 활짝 웃고 서리 옷도 햇빛에 반짝입니다. 서리가 내린 아침 풍경을 의인화 기법을 써서 밝고 따스하고 환한 빛이 나게 표현한 동시입니다.

4월 22일은
8시부터 10분 동안
모든 불을 끄는
지구 환경보호의 날

우리 집은 매월 9일
9시부터 10분 동안
모든 불을 끈다

텔레비전 컴퓨터 핸드폰 전등…

지구를 지키기 위해
잠시 눈을 감는 불빛들
너무 캄캄해 조금 불편하지만

지금 지구는 휴식 중!

<지구는 휴식 중> 전문

4월 22일은 지구 환경보호의 날입니다. 이날은 8시부터 10분 동안 불을 끕니다 지구에게 휴식을 주기 위해서이지요. 아이가 사는 집은 4월 22일뿐만 아니라 매월 9시부터 10분간 불을 끈답니다. 전등불뿐만 아닙니다. 텔레비전 컴퓨터 핸드폰도 끈답니다. 지구에게 휴식을 주기 위한, 그리고 지구를 살리기 위한 이런 노력들이 불편해도 필요합니다.

분홍 벚꽃 잎이
봄바람에 흩날린다

하늘하늘 날리는 꽃잎 잡으러
폴짝폴짝 휙휙

손바닥에 살포시 앉은
작은 꽃잎 하나

내 소원 담아 훨훨 날아간다

<나비가 되어> 전문

　나비처럼 귀엽고 예쁜 동시입니다. 벚꽃 잎이 봄바람에 흩날립니다. 꽃
잎을 잡으러 아이는 폴짝폴짝 뜁니다. 손바닥에 작은 꽃잎 하나가 살포시
앉습니다. 그 꽃잎은 아이의 소원을 담아 훨훨 나비가 되어 날아갑니다.
이 동시를 읽고 있으면 벚꽃 잎이 흩날리는 봄의 정경이 눈에 선하게 떠
오릅니다. 그리고 아름다운 동심에 젖게 됩니다.

6. 글을 마치며

　송경자 시인의 동시는 참 밝고 따뜻합니다. 그래서 그의 동시를 읽으
면 행복합니다. 우리 주변의 평범한 아이들의 일상을 행복한 목소리로 따
스하고 정겹게 담아냈습니다. 호기심도 많고 활달하며 생기 넘치는 아이
들의 동심을 눈높이에 맞게 표현했습니다.

　아이들에게 가족은 행복의 원천입니다. 그런 가족의 이야기를 정겹게
들려줍니다. 가족의 모습을 사자에 비유한 재미있는 시가 있고(<사자 가

족)) 엄마를 걱정하는 아이의 마음이 담겨 있는 시가 있습니다(〈큰일이다〉).
그리고 수정이를 좋아하는 천진난만한 서우의 모습이 절로 웃음을 자아
내게 하는 시도 있습니다(〈눈물 도둑〉).

　송경자 시인은 누구보다도 자연을 사랑합니다. 자연의 아름다움을 신
선한 감각과 이미지로 표현했습니다. 자연에 시의 색깔과 향기를 입혀 밝
고 따스하고 환하게 그려 냈습니다. 자연을 노래한 동시를 읽으면 저절로
자연을 사랑해야겠다는 생각을 갖게 됩니다.

　송경자 시인의 동시는 '어린이들에게 행복을 나누어 주는 시'입니다.
어린이들이 이 동시집을 읽고 밝고 행복하게 자라기를 바랍니다.